# A CASA DOS ANIMAIS

# Vinciane Despret

# A CASA DOS ANIMAIS

*Tradução de Beatriz Thibes*
*Ilustrações de Vanessa Mattara*

editora 34

EDITORA 34

Editora 34 Ltda.
Rua Hungria, 592  Jardim Europa  CEP 01455-000
São Paulo - SP  Brasil  Tel/Fax (11) 3811-6777  www.editora34.com.br

Copyright © Editora 34 Ltda. (edição brasileira), 2024
*Le chez-soi des animaux* © Vinciane Despret, 2017,
L'École du Domaine du Possible, Arles
Ilustrações © Vanessa Mattara, 2024

A FOTOCÓPIA DE QUALQUER FOLHA DESTE LIVRO É ILEGAL E CONFIGURA UMA
APROPRIAÇÃO INDEVIDA DOS DIREITOS INTELECTUAIS E PATRIMONIAIS DO AUTOR.

Capa, projeto gráfico e editoração eletrônica:
*Franciosi & Malta Produção Gráfica*

Ilustrações:
*Vanessa Mattara*

Revisão:
*Raquel Camargo, Cide Piquet, Livia Campos*

1ª Edição - 2024

CIP - Brasil. Catalogação-na-Fonte
(Sindicato Nacional dos Editores de Livros, RJ, Brasil)

Despret, Vinciane, 1959

D435c     A casa dos animais / Vinciane Despret;
tradução de Beatriz Thibes; ilustrações de
Vanessa Mattara — São Paulo: Editora 34,
2024 (1ª Edição).
48 p.     (Coleção Infanto-Juvenil)

ISBN 978-65-5525-215-6

Tradução de: Le chez-soi des animaux

1. Literatura infanto-juvenil - França.
I. Thibes, Beatriz.  II. Mattara, Vanessa.  III. Título.
IV. Série.

CDD - 848

## SUMÁRIO

A casa dos animais ................................................. 7

Sobre este livro ...................................................... 43

Sobre a autora ....................................................... 45

Sobre a tradutora ................................................... 46

Sobre a ilustradora ................................................ 47

Esses dias li uma história engraçada. Uma história muito divertida e muito interessante. Eva, no jardim do Éden, teve a ideia de sugerir aos animais que devolvessem o nome que haviam recebido de Adão.

Os animais acharam uma ótima ideia: "Adão, com todo o respeito, tome de volta os nomes que você nos deu, e que não escolhemos. Daqui pra frente, não vamos mais nos chamar ratos, cabras, camarões, rinocerontes, abelhas, tigres, vespas, gibões, galinhas, cupins, búfalos, avestruzes, chimpanzés, peixes, tatuzinhos, cachorros ou gatos". Sem dúvida, o fato de não mais pensar em si mesmo com o nome de *rato* muda alguma coisa para os ratos, pois ao escutar a palavra *rato*, escuta-se o medo das pessoas, a peste, os massacres e, até mesmo, *morte-aos-ratos*. Ora, a mesma coisa acontece com os tatus-bola, os porcos e as baratas, mas também com as vacas, as cabras, os passarinhos, os macacos, os lobos e vários outros.

No entanto, restava um probleminha relatado por alguns animais, particularmente os cachorros, os papagaios e os gatos. Eles queriam muito se desfazer desses nomes e até mesmo de outros, como labrador, poodle, terrier, siamês, persa, papagaio-do-gabão, mas não queriam abrir mão dos nomes afetivos, Totó, Felícia, Babu, Lua ou Coco. "Não tem problema", dissemos, "esses nomes podem continuar sendo seus, se são importantes para vocês."

Mas a história não podia parar por aí. É ótimo não ser mais chamado por nomes emprestados, ou melhor, nomes impostos, mas os animais tinham que se esforçar para encontrar nomes mais apropriados. Esses nomes, naturalmente, não seriam "palavras". Para alguns, seriam cheiros ou perfumes, para outros, movimentos ou danças e, para outros ainda, um bater de asas, cantos, vibrações ou sussurros.

Os animais sabiam, ou iriam descobrir, que o fato de expressar aquilo que se é por meio de um cheiro, de um som ou de um ultrassom, ou fazendo as coisas vibrarem, ou por um modo de cruzar o céu ou de dançar na água, de cavar a terra ou de tecer uma teia, poderia mudar muita coisa. Não se conhece o outro da mesma maneira quando, no lugar de um nome que não diz lá muita coisa, aprendemos que certo animal é o que é por um bater de asas, um outro, por seu modo de amar ou de sentir o mundo através de ondas, outros por tinidos e por música, e outros ainda, por seu jeito de construir um ninho. Os animais intuíam que todas essas descobertas criariam um mundo que não seria mais o mesmo: certos animais que, com os antigos nomes, se achavam muito diferentes, provavelmente passariam a se sentir muito próximos e muito parecidos com outros.

E, sem dúvida, os humanos que tentassem conhecer o verdadeiro nome de cada animal também teriam uma experiência muito similar.

A escolha desses nomes foi motivo de discussões intensas. Foram inúmeras reuniões. Alguns bichos foram consultar seus colegas de outras espécies. Um enxame de vespas foi até a delegação dos cupins e perguntou: "Como foi que vocês escolheram? Devemos nos chamar pelo que amamos, por nosso canto, pelo que comemos, pelo que nos dá medo ou pelo que sentimos? Por nosso movimento único, que corta as águas ou atravessa os ares, pelo perfume das flores que polinizamos, por uma dança ou por uma onda de ecolocalização?".

Sem dúvida, a dificuldade estava em escolher, entre tudo o que importa, aquilo que importe tanto que, se retirado, o animal não seria mais ele mesmo. A formiga continua sendo formiga (para usar o antigo vocabulário) se não tiver outras formigas por perto? Então, o novo nome deveria expressar ou fazer sentir algo como "aquela-que-existe-com-as-outras". A vaca continua sendo vaca se não comer mais capim? Então, elas deveriam escolher um nome que

soasse como o lento ruído da mastigação. Mas e os chifres, que ligam as vacas ao céu, também não são importantes? A abelha continua sendo abelha sem as flores? Mas é de fato essa relação com as flores que faz as abelhas serem abelhas e que poderia lhes dar o seu verdadeiro nome?

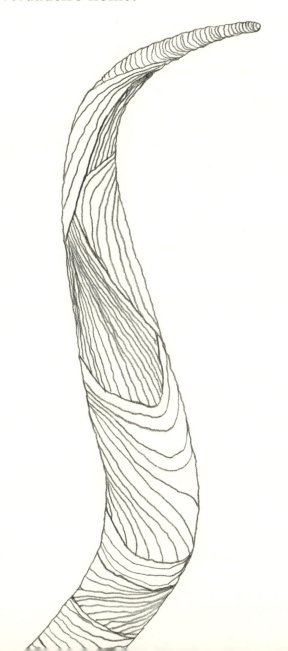

Os caracóis foram os primeiros a entrar num acordo sobre o modo como gostariam de ser chamados. Se fosse preciso traduzi-lo para a linguagem humana, significaria, aproximadamente, *muito aproximadamente*, "minha casa continua sendo eu". Os outros animais logo entenderam; para nós, humanos, é um pouco mais difícil pegar a ideia, mas podemos tentar, embora nossa língua seja muito imperfeita.

"Minha casa continua sendo eu", foi a sugestão dos caracóis. O que estavam tentando dizer era que "minha casa", o lugar onde eles se sentem em casa, é um prolongamento do seu corpo. É importante saber que, quando o caracol cresce, seus órgãos, como os intestinos, o coração, os rins, as glândulas digestivas e os órgãos sexuais, se arredondam e vão formar em cima de suas costas uma espécie de bolsinha em espiral. A pele dessa pequena bolsa produz uma substância calcária, fabricada com o carbonato de cálcio que o caracol encontra em sua comida e na água. Quando o perigo se aproxima, ou quando faz muito frio, o caracol se recolhe em sua conchinha.

Assim, entendemos que o caracol diga "minha casa continua sendo eu", pois "sua casa", seu abrigo, seu refúgio, é um prolongamento, uma extensão do seu corpo, um pouco como um esqueleto externo. Isso é importante para o caracol. E se definimos o que é importante como uma coisa que, se vier a faltar, deixamos de ser nós mesmos, o caracol sem a concha não seria mais um verdadeiro caracol.

Mas essa escolha do caracol, de dizer que nós somos quem somos porque "minha casa continua sendo eu", gerou uma confusão daquelas entre a bicharada. Primeiro, muitos protestaram: "ora, nós também temos uma casa!". "Nós construímos ninhos", dizem as vespas e os passarinhos; "e nós cavamos tocas", respondem os texugos, as toupeiras, as ratazanas, os coelhos e muitos outros; "pois é, e nós também temos ninhos, mas que cavamos como os texugos", dizem os martins-pescadores e as vespas-escavadoras; "nós", acrescentam as abelhas, "fazemos colmeias"; "e nós fabricamos cupinzeiros que, às vezes, chegam até o céu", alegam os cupins; "e nós construímos formigueiros que vão até as profundezas da terra", afirmam as formigas. "Em todos esses lugares nos sentimos *em casa*. Esses lugares nos protegem e nos permitem chocar nossos ovos, alimentar nossas larvas e criar nossos filhotes em segurança." É isso que chamamos de *casa*.

Ao escutar tudo isso, aqueles bichos que não constroem nada se sentiram excluídos e acharam por bem discordar: "Camaradas, achamos que vocês estão indo rápido demais. É verdade que não construímos ninhos, colmeias, tocas, túneis, formigueiros e muito menos cupinzeiros; bem, alguns de nós até fazem ninhos, mas somente em algumas fases da vida, e nem é para morar lá dentro. Mas não importa, também temos uma *casa*. Aquilo que os humanos chamam de *território* é, para cada um de nós, nossa *casa*. É verdade

que não construímos ali nada de muito concreto. Mas cada um de nós sabe muito bem como uma árvore, uma duna, um pedaço de floresta ou um cantinho de relva se torna uma *casa*. Deixamos nesses lugares cheiros que dizem nossos nomes com nossos xixis, nossos cocôs, nossos pelos e nossas glândulas. Assim, uma árvore, uma duna, um pedaço de floresta ou um cantinho de relva, tudo isso somos nós". "É isso aí", intervém o mais velho dos lobos, "o espaço que carrega meu cheiro acaba também sendo *eu*. É assim que nós, os lobos, fazemos. Com nosso cocô e nosso xixi, com essas marcas e esses cheiros que provêm de nós, estendemos nossos corpos muito além de nós."

"Também fazemos parecido", dizem aqueles que não constroem nada. "*Casa*, para nós, é nosso corpo prolongado nas cascas e nos pés das árvores, nos arbustos e nos bosques, por caminhos e trilhas sobre a terra. Então, para cada um de nós, assim como para os caramujos, 'minha casa continua sendo eu'. Tudo que está ao nosso redor passa a carregar nossos cheiros e vestígios, que deixamos por onde passamos — um tufo de pelos, arranhaduras sobre a casca de uma árvore —, e passamos de novo e de novo, para refrescar essas marcas, a fim de que tudo ao nosso redor continue sendo nós. Então nosso território, nossa casa, não é bem uma coisa sobre a qual diríamos *é minha*, mas um pedaço de espaço que cada um de nós transforma deixando nele um pouco de si; minha casa não é *minha, sou eu*."

É isso que explica o curioso hábito que leva os passarinhos a construir seus ninhos na mesma árvore do seu predador, seja ele um falcão, uma coruja, uma ave de rapina ou um gavião, e a viver lado a lado com seu inimigo. Percebemos que os filhotes de pais que fizeram essa escolha acabam sendo menos devorados por predadores do que os passarinhos que se aninham mais longe dos seus inimigos. Uma primeira explicação é fácil de entender: o predador junto ao qual eles habitam, impede que outros predadores se aproximem, até porque ele mesmo precisa defender os seus próprios filhotes. Mas por que o falcão, o milhafre ou o gavião, que adoram comer passarinhos, simplesmente não atacam aqueles que estão bem diante do seu bico? Para explicar, o especialista de animais Jakob von Uexküll propôs entender primeiro como cada animal percebe as coisas no seu entorno: uma flor no campo, para nós, animais humanos, significa "primavera", "buquê", "motivo de pintura" ou, até mesmo, "belo quadro". Para uma abelha, tem um sentido completamente diferente e, se for uma orquídea, mais diferente ainda, pois os machos acreditam ver sua fêmea no coração dessa flor. Cada coisa que cada animal percebe em seu meio tem para ele um sentido particular. Sendo assim, para o gavião ou para o milhafre, tudo o que está ao redor do seu ninho, e que carrega seu cheiro, continua sendo seu ninho, quer dizer, continua sendo um *prolongamento ou extensão de si mesmo*. E não se ataca um prolongamento de si mesmo, ainda que se tenha muita fome.

"Tudo isso parece muito bem pensado e de fato faz sentido", dizem os passarinhos, "mas não vamos esquecer que não é exatamente com os cheiros que desenhamos nossa casa. Para muitos de nós, a maneira de prolongar nosso corpo no espaço que nos cerca, de fazer com que esse espaço se torne *casa*, é o canto. Nós cantamos e cantamos, e, para cada um de nós, o território se torna nossa casa por meio da voz, dos assovios, das notas, dos silêncios, dos trilos e das melodias."

"Mas vocês não estão sozinhos nessa!", dizem os gibões, "nós, que somos da família dos macacos cantores, também transformamos um lugar qualquer, um lugar sem significado, em espaços carregados de nossos cantos e de nossos gritos, que se tornam um pouco de nós. Esses cantos que transformam o espaço fazem também muitas outras coisas importantes: é através deles que conversamos, conversamos muito, com nosso companheiro, com nossa companheira, com nossos amigos ou nossos vizinhos."

"Ah, mas nós fazemos algo assim", respondem os passarinhos. "Opa, nós também", dizem os lobos, "não somente quando uivamos, mas também quando levantamos a pata ao longo do caminho frequentado por outras matilhas, deixando para elas mensagens secretas."

Como se vê, essa discussão poderia não acabar nunca. A cada vez que se parece chegar a uma solução, para criar uma diferença ou ajudar a sentir uma semelhança, vem outra para complicar. *Casa* pode ser um território, um lugar que transformamos em *casa* marcando-o com cheiros, com cantos, com vestígios e com nossos traços. Mas também pode ser, principalmente, o lugar onde se esconder, o ninho que protege os ovos, a colmeia que dá abrigo, a toca onde é possível se recolher, o espaço cheio de buracos e cavidades nas árvores, os galhos repletos de folhas, todo esconderijo onde se pode *deixar de ser visto*. É por isso que é importante. Casa é também o lugar onde podemos nos esconder.

"Esperem lá!" Agora são os salmões que querem meter o bedelho, para contribuir com essa discussão que parece não ter fim. "*Casa*, para nós, é algo bem diferente. A nossa casa, nós só a encontramos muito tarde em nossa vida. *Casa* não é o lugar onde podemos nos esconder, mas sim o lugar que *devemos descobrir*. Para um salmão, falar da sua *casa* é como contar uma aventura. Nós nascemos nos rios, nas torrentes, nos riachos, e crescemos nesses lugares. Depois, quando nosso tamanho e nossas forças permitem, saímos do lugar onde nascemos e partimos em direção ao oceano. Descemos os riachos, os córregos, depois os rios e seus afluentes, por centenas, milhares de quilômetros.

"Ali, a comida nunca falta, e descobrimos espaços imensos. Crescemos, ganhamos ainda mais força. E então, um dia, um belo dia, alguma coisa que se parece com um sonho nos diz que devemos partir novamente, que é tempo de voltar para lá, o lugar de onde viemos, para encontrar o parceiro de nossa vida, aquele com quem faremos outros pequenos salmões, que vão crescer ali e depois, quando chegar a sua vez, partirão. E essa força inata, que nos diz *volte para lá*, nos ensina o que quer dizer *casa*.

"Enfrentamos todos os perigos e armadilhas, voltamos aos rios, às torrentes e aos riachos; da primeira viagem, guardamos o sabor da água de cada lugar e seu cheiro, pois as águas de cada lugar, de cada rio, de cada torrente, de cada riacho e de cada afluente têm um gosto singular e reconhecível entre todos os outros; encontraremos em nossa memória um antigo mapa escondido, que pensávamos ter esquecido, um mapa do sabor das águas. E, para nós, *casa* significa o poder dessa força que nos chama e cuja origem ninguém conhece, essa força que nos coloca em movimento e que se parece com aquilo que se chama amor. E tudo nos aparece então como se, até esse momento, tivéssemos vivido longe de *casa*. Sim, *casa* é, portanto, outra coisa, é o lugar onde se ama. Bom, talvez, se tivéssemos de escolher um nome, ele deveria dizer todas essas coisas: o sabor da água, a migração, a força do chamado, a força do amor."

    Ao escutar os salmões falarem da força do amor como se a tivessem inventado, alguns pássaros se insurgem: "Nós também conhecemos a força desse chamado!" — assoviam os tecelões, os chapins, as andorinhas, os mandarins e as lavandiscas à frente de uma grande multidão. "Porque nosso ninho é obra do amor ou, mais precisamente, e não temos medo de dizer isso, *ele é criador de amor*. Porque nós, os machos, criamos amor ao fabricar nosso ninho. As fêmeas, curiosas, participam um pouco dos primeiros trabalhos; às vezes, uma delas começa a nos ajudar. Esse ninho é a nossa armadilha mágica.

Pois, se a magia opera, se o nosso ninho é gestado com amor e graça suficientes, a fêmea será cativada. E nós mesmos, aos poucos, conforme o construímos, sentimos o desejo e o amor crescer — nós caímos em nossa própria armadilha, e é bom que seja assim. É por isso que nos esforçamos tanto, que trabalhamos tanto, tecemos, ligamos, cimentamos o ninho com nossa própria saliva ou com lama, enfeitamos às vezes com pequenas pedras coloridas ou conchinhas, com penas e pelos que outros animais perderam por aí — dizem que alguns têm até a audácia de enfeitá-lo com pelos de gato angorá, mas vá saber se não são só rumores."

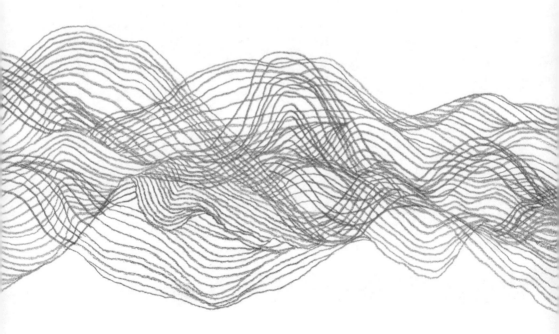

Temos que prestar atenção ao que dizem
os pássaros tecelões das estepes africanas: para
eles, o ninho não é apenas uma história de amor,
é também uma história de amizade. Quando
um casal faz seu ninho, tecendo-o nos galhos
espinhosos de uma árvore, podemos observar que
outros tecelões, logo depois, vêm construir ao
lado, na mesma árvore. Aos poucos chegam mais
outros, fazendo a mesma coisa. Depois, cada casal
providencia galhos que formam pontes, ligando
os ninhos uns aos outros. Em pouco tempo, uma
coletividade de pássaros tecelões é criada em
um grande ninho que não para de crescer, cada
dupla com seu quarto de dormir, com o quarto

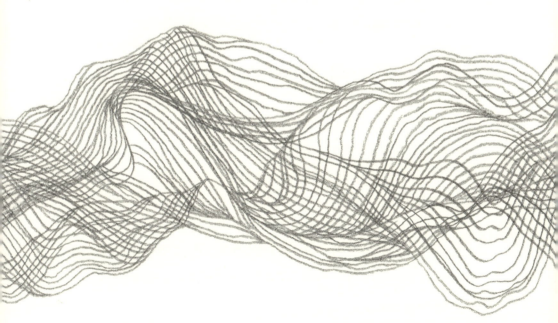

da ninhada e uma entrada independente. Eles não são os únicos a agir assim, ainda que a maneira possa ser diferente. Os pássaros que os humanos chamam de tecelões-sociais, por exemplo, começam coletivamente pela fabricação de um grande teto sobre um galho robusto e constroem, a partir dele, quartos separados. Para todos eles, *casa* é, portanto, outra coisa: *casa* é, antes de tudo, *nossa casa*.

"Agora começamos a entender a nós mesmas", dizem as formigas, muito felizes, logo seguidas pelas abelhas, pelos cupins e pelas vespas sociais. "O que vocês fazem não é muito distante do que nós mesmas fabricamos — talvez um pouco menos organizado: afinal, não dizem que somos nós as verdadeiras arquitetas da natureza? Não fomos nós quem ensinamos a arquitetura aos humanos? Em matéria de moradia coletiva, o mínimo que podemos dizer é que desenvolvemos uma verdadeira maestria."

As vespas ceramistas interrompem, dizendo: "Vocês, vespas, não podem falar em nome de todas nós; também somos vespas, é verdade, mas vivemos sozinhas. Por outro lado, estamos totalmente de acordo com vocês em um ponto: nós podemos ensinar muitas coisas aos humanos. Alguns deles disseram que fomos nós que lhes ensinamos a arte da cerâmica".

Como todo mundo tinha falado bastante, filosofado e contado o que era importante, as vespas ceramistas queriam muito entrar na discussão — as oportunidades para elas, é verdade, são raras. Mas, como não são muito sociáveis, elas têm pouco hábito de acompanhar um tema e seguir o fio da conversa. Então se propõem a oferecer um curso de cerâmica. O tom é um pouco didático: "Para fazer um vaso de barro onde depositarão suas larvas, primeiro encontrem um pedaço de casca solta de uma árvore ou uma planta seca, mas um pedaço de madeira também pode servir. Em seguida, busquem uma terra argilosa e façam uma bolinha, que vocês vão umedecer com um pouco de saliva (lembrem-se de beber bastante água). Achatem a bolinha até obter uma fita, que vai ser o primeiro tijolo. Continuem adicionando outras fitas, até formar um vasinho cujo gargalo deve ser bem estreito, para ninguém conseguir entrar nele. Quando terminarem, busquem algumas larvas de besouro ou algumas lagartas, paralisem-nas com seu veneno e as coloquem dentro do vasinho, que será como um ninho. Essas larvas vão alimentar seus filhotes assim que os ovos eclodirem, e vocês não precisarão mais se preocupar com isso. Quando o ovo for posto, fechem bem o ninho.

"Há mais uma coisa que vocês precisam saber: o segredo da fabricação. Durante a construção, se o pedaço de terra anterior for mais seco do que aquele que será adicionado, não basta simplesmente colá-los. Ao secarem, eles vão craquelar e se descolar.

"Vocês devem, primeiro, sem falta, molhar novamente o pedaço mais seco, e não só. O gesto, é preciso o gesto! Quando reunirem os pedaços, vocês devem emitir um zumbido. Esta é a fórmula mágica: zumbir. Pois esse zumbido vai fazer os tijolos vibrarem, os secos e os molhados, no mesmo ritmo. A água se move sob o efeito das vibrações e passa dos tijolos menos secos para os mais secos, se dividindo de maneira uniforme.

Quanto à construção, é isso. Todo mundo consegue, basta saber zumbir. Última coisa: para paralisar as larvas de besouros e as lagartas e mantê-las vivas, vocês devem..."

Nesse ponto da receita, e para não chocar os besouros e as lagartas, que não tinham, é claro, vontade de ouvir esse pedaço da história, os outros animais interrompem as vespas (que de fato não são nada sociáveis).

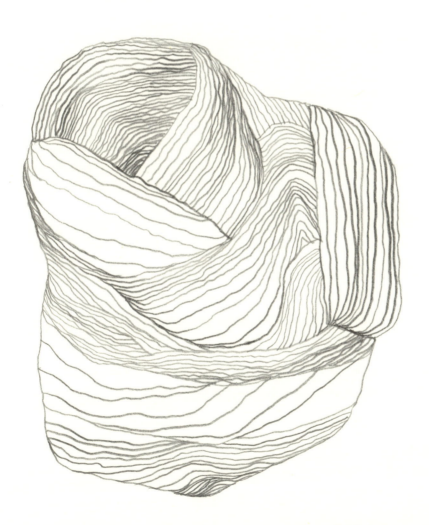

 As formigas, que tinham lançado a ideia da arquitetura, aproveitam essa interrupção para anunciar que elas, por sua vez, estiveram na origem da invenção do papel pelos humanos. As vespas sociais da família dos vespídeos, da qual fazem parte os vespões, discordam. Elas mesmas fazem ninhos de papelão, roendo com suas mandíbulas lascas de madeira e, depois, com a saliva colante, misturam-nas em uma massa. Foram elas que mostraram aos humanos como se faz!

 As abelhas intervêm: "Não vamos agora dar um curso de arquitetura, isso não acabaria nunca. Se não nos falha a memória, estávamos dizendo que são nossas construções que nos unem e fazem de nós seres sociais. Lembram do que disseram os tecelões? '*Minha casa* é, antes de tudo, *nossa casa*.' Que tal voltar a esse assunto?".

 Então as formigas pedem a palavra ou, mais precisamente, algumas delas, as formigas carpinteiras. "Nós começamos nosso ninho,

geralmente, no oco de uma árvore carcomida, e descemos até as profundezas do solo. Ali fazemos nossas galerias e os quartos onde passamos o inverno. Fabricamos tudo isso em papelão, mas ao contrário do que acabamos de ouvir, usamos para a massa um líquido açucarado, que permite que os pedaços de madeira grudem e fiquem juntos." As abelhas tentam novamente colocar ordem no debate: "Vocês também, não venham nos dar uma aula de arquitetura! Queremos voltar ao nosso assunto: '*minha casa* é *nossa casa*', vocês teriam algo a nos dizer sobre isso?"

"Justamente", dizem as formigas carpinteiras, "é sobre isso que gostaríamos de falar: a *casa*, para nós, é algo bem mais vasto do que tudo o que ouvimos até aqui. Pois o líquido açucarado que nos permite fabricar a massa, na verdade, nos é oferecido pelos pulgões e pelas cochonilhas, com quem nos associamos. Eles moram na porta ao lado, sobre grandes folhas, das quais se alimentam. Quando os visitamos, massageamos seus flancos com nossas patas e, em resposta, eles fazem cocô. Depois, basta recolher a substância rica em açúcar de que precisamos para nossas obras. Nós também a comemos. Cuidamos dos pulgões, os protegemos e, às vezes, construímos um teto para eles, uma espécie de abóbada feita de pequenos punhados de terra ou de outros materiais, para abrigá-los. Nossas primas, as formigas tecelãs, escolheram tecer para eles uma tenda, e nossas outras primas, as formigas vermelhas, constroem verdadeiros pavilhões de terra."

"Estábulos?", sugerem as vacas, que falam apenas quando têm algo importante a dizer. Os papagaios, alguns deles familiarizados com os problemas relacionados à linguagem dos humanos, pedem para prestarmos atenção às palavras: "Dizer *estábulo*, eles observam, é dizer muitas outras coisas. Será que termos simples como 'oferecer um teto' não seriam suficientes?". As vacas queriam muito que falássemos um pouco dos estábulos, que é um problema interessante e complicado, quando se tenta entender o que quer dizer *casa*.

Mas as formigas pretas quiseram continuar. "Não é só isso", dizem. "Em nossa casa, não vivemos sós; estamos *em casa*, mas não apenas entre nós. Hospedamos um cogumelo de quem cuidamos e protegemos. E ele, por sua vez, nos alimenta, mas principalmente, ao crescer dentro do formigueiro de papelão e estender seus filamentos, ele consolida nossas construções." "É o que nós, os papagaios, chamamos, no vocabulário dos humanos, de simbiose, ou uma comunidade de interesses: todos ganham com a associação."

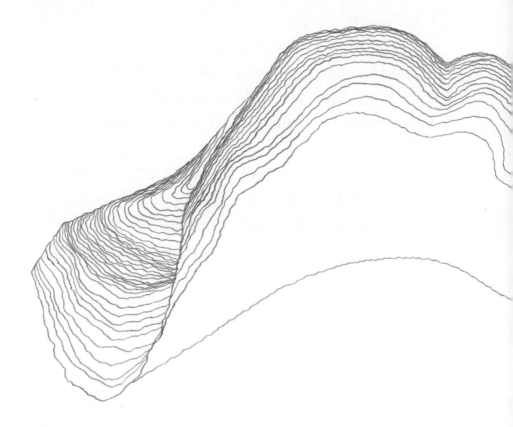

Os salmões, que viajaram muito e viram muitas coisas nesses lugares aonde ninguém vai, contam que encontraram esse tipo de associação: é bastante comum que um camarão compartilhe seu ninho, escavado lá no fundo do oceano, com um peixe da família dos *gobies*. O camarão oferece moradia e limpa o peixe, e assim também se alimenta. Mas a coisa não para por aí. O camarão enxerga muito mal, por isso, toda vez que sai do ninho, fica em perigo. Então o peixe vai com ele, para fazer a segurança.

A cada vez que sai do ninho, o camarão mantém contato com o peixe por meio de sua longa antena. Em caso de perigo, o peixe agita as barbatanas e o movimento é comunicado à antena do camarão: ele sabe, então, que é hora de voltar o mais rápido possível.

"Ah sim", latem os cães, uma vez na vida com a aprovação dos gatos, "é exatamente isso que fazemos com os humanos. Aliás, a *casa deles* é a *nossa casa*" — "ou melhor", corrigem os gatos rindo com uma risada que é só deles, "os humanos acreditam ter uma *casa* só *sua*, quando, na verdade, moram em *nossa casa*". (Ninguém duvida, todo mundo sabe que os gatos se sentem em casa em qualquer lugar.)

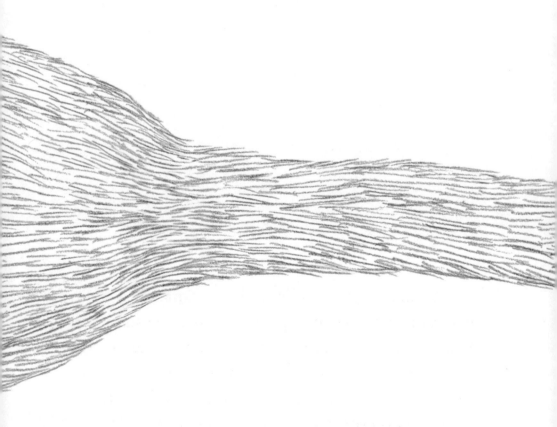

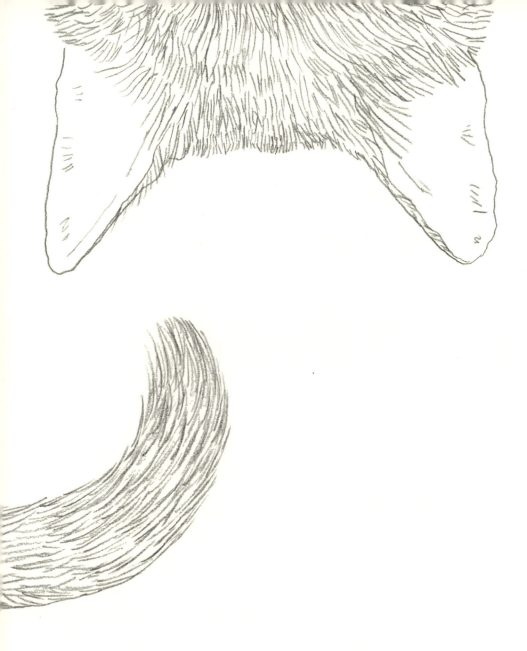

"Nós também conhecemos esse sentimento", reforçam as formigas que fabricam ninhos de papelão, "é bastante comum que uma gralha se abrigue com seus ovos em nossa casa".

"Já nós", dizem os texugos, "às vezes temos companheiros de quarto, raposas que aproveitam um dos quartos desocupados em nossas galerias. Vale dizer que essas galerias são longas, com muitos corredores, muitas saídas e, sobretudo, quartos, confortáveis e acolchoados com musgos, samambaias e folhagens —

o que representa, aliás, muito esforço e trabalho, pois precisamos tirar tudo o tempo todo, para deixar o ar circular. Mas, mesmo assim, prezamos por nossa intimidade, e quando uma raposa se instala, nós construímos uma divisória para separar seu quarto do corredor por onde passamos."

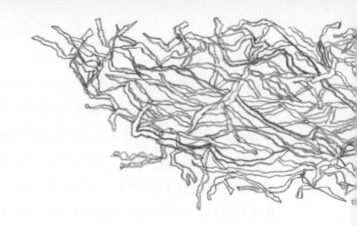

"Quanto a nós", dizem os vespões e as vespas dos trópicos, "observamos que muitos pássaros vêm construir seus ninhos bem ao lado dos nossos, às vezes até mesmo encostados. E nós temos com eles ótimas relações de vizinhança."

Os humanos dizem ainda não poder explicar por que fazemos assim. Dizem que, para entender, seria preciso encontrar a vantagem que tiramos dessa coabitação. Sem dúvida há vantagens. Mas nós fazemos isso certamente por várias outras razões. Talvez porque simplesmente valha a pena. Ou porque, perto dos outros, nos sentimos menos sozinhos. Ou, ainda, porque a vida é uma aventura, e aventuras só se vivem com os outros. Ou porque isso nos permite contar histórias.

Mas talvez o façamos simplesmente porque, ao longo de toda nossa história, essa longa história que nos viu surgir uns após os outros, antes mesmo que os humanos nos dessem nomes acreditando ser *os especialistas em moradia*,

tivemos de inventar e descobrir
maneiras de viver, de construir,
de morar e, principalmente,
de habitar com outros seres.
E aprendemos, descobrimos
e inventamos, simplesmente
porque assim caminha a vida
nesta terra, desde a superfície
até as profundezas, tanto no céu
como nas águas. Assim caminha
a vida nesta terra, que é, para
todos e cada um de nós,
a *nossa casa*.

## SOBRE ESTE LIVRO

A história que abre este livro é inspirada em um conto curto de Ursula K. Le Guin, *She Unnames Them* [Ela os desnomeia], publicado pela primeira vez na revista *The New Yorker* em 21 de janeiro de 1985. A ideia de que as vacas podem ser definidas pelos chifres que as ligam ao cosmos vem de Rudolf Steiner (ver *Fundamentos da agricultura biodinâmica*, Antroposófica, 2017). A noção de que o território é o lugar onde podemos nos esconder é, por sua vez, de Jean-Christophe Bailly (ver *Le parti pris des animaux* [O partido dos animais], Christian Bourgois, 2013). Além disso, a questão do território é inspirada nos trabalhos de Gilles Deleuze (ver *A comme animal* [A de animal] no documentário *O Abecedário*, dirigido por Michel Pamart, 1988) e, de maneira indireta, na obra de Erwin Straus (ver *Du sens des sens* [O sentido dos sentidos], Jérôme Millon, 2000). As teorias de Jakob von Uexküll podem ser encontradas em *Mondes animaux et monde humain/Théorie de la signification* [Mundos animais e mundo humano/Teoria da significação] (Denoël, 1965). No que diz respeito à arquitetura no mundo animal, inspirei-me em Karl von Frisch, *Architecture animale* [Arquitetura animal] (Albin Michel, 1975);

Mike Hansell, *Built by Animals: The Natural History of Animal Architecture* [Construído por animais: a história natural da arquitetura animal] (Oxford University Press, 2009); Étienne Souriau, *Le sens artistique des animaux* [O sentido artístico dos animais] (Hachette, 1965). Quanto às analogias com o mundo humano, fiz referência principalmente à revista *Malaquais* (especificamente a um artigo de Luca Merlini, "Indices d'architectures" [Indícios de arquitetura], nº 1, out. 2014) e ao livro de Patrick Bouchain com o coletivo Exyzt, *Construire en habitant* [Construir ao habitar] (Actes Sud, 2011). A ideia de prestar atenção à noção de coabitação e à noção de "casa" como um *nossa casa* emergiu da leitura de Zygmunt Bauman, *L'éthique a-t-elle une chance dans un monde de consommateurs?* [A ética é possível num mundo de consumidores?] (Climats, 2009).

Este texto também contou com a ajuda inspiradora de Patrick Bouchain, Donna Haraway, Francesco Panese, Valérie Glansdorff e Claire Nanty, responsável pelo setor infantojuvenil da livraria *Le Livre aux Trésors* [O Livro dos Tesouros], em Liège, e com a releitura crítica e fecunda de Thibault de Meyer, Nadine Fresco, Catherine Houssay e Jules-Vincent Lemaire.

## SOBRE A AUTORA

Vinciane Despret, nascida em 1959, em Bruxelas, é filósofa da ciência e pesquisadora na Universidade de Liège. Ao longo de seus estudos, descobriu a etologia e dedicou-se a investigações sobre o comportamento das espécies animais, incluindo os humanos. Inspirada por autores como Isabelle Stengers e Bruno Latour, sua obra se orientou para a filosofia da ciência, questionando os métodos científicos tradicionais e trazendo para o cerne do debate as relações entre cientistas e seus objetos de estudo. Agraciada com o Prix Moron da Academia Francesa (2021) pelo conjunto de sua obra e homenageada como a intelectual do ano pelo Centre Pompidou (2021), Vinciane Despret é hoje um nome incontornável no campo dos estudos dos animais. É autora de, entre outros livros, *Bêtes et hommes* (Gallimard, 2007), *Penser comme un rat* (Quae, 2009) e *Les faiseuses d'histoires: que font les femmes à la pensée?* (La Découverte, 2011), este último escrito com Isabelle Stengers. No Brasil, é conhecida pela publicação de títulos como *O que diriam os animais?* (Ubu, 2021) e *Um brinde aos mortos: histórias daqueles que ficam* (n-1 edições, 2023). *A casa dos animais* é seu primeiro livro publicado pela Editora 34.

## SOBRE A TRADUTORA

Beatriz Thibes nasceu em Campinas, em 1993, e vive em São Paulo, onde trabalha como professora de francês. É formada em Letras pela Universidade de São Paulo, com um período de intercâmbio na Universidade Paris-Sorbonne (Paris-IV), onde estudou disciplinas sobre francês como língua estrangeira e literatura francesa. É mestranda em Letras Estrangeiras e Tradução pela Universidade de São Paulo. Em sua pesquisa, trabalha com os autores Ana Cristina Cesar e Roland Barthes, a partir dos seguintes eixos temáticos: criação literária, processo de criação, literatura e vida, encenação, desejo. *A casa dos animais*, de Vinciane Despret, é sua primeira tradução, e ela deseja poder continuar neste bonito caminho de escutar as palavras e reescrevê-las.

## SOBRE A ILUSTRADORA

Vanessa Mattara nasceu em 1995 em Ina-shi, no Japão, onde passou sua infância antes de se transferir para o Brasil aos 9 anos de idade. Mudou-se várias vezes desde então, portanto sua ideia de casa é um caminho em aberto, um lugar que segue em construção. Artista graduada pela Faculdade de Arquitetura e Urbanismo da Universidade de São Paulo, seu trabalho volta-se para os detalhes e a linha, explorando temas como a cidade, a paisagem e os pequenos acontecimentos cotidianos. Realizou exposições em espaços como a Noah Gallery e a Remex Gallery, em Shizuoka, no Japão, além do Espaço das Artes, da Escola da Cidade e do Museu Catavento, em São Paulo. Colaborou também com instituições como a FIESP, o SENAI-SP e a Live Union.

Este livro foi composto em Sabon
e Univers pela Franciosi & Malta,
com CTP e impressão da Edições Loyola
em papel Pólen Bold 90 g/m²
da Cia. Suzano de Papel e Celulose
para a Editora 34, em novembro de 2024.